LA CRUZ DEL DIABLO

GUSTAVO ADOLFO BÉCQUER

La adaptación de la leyenda **La Cruz del Diablo**, de G. A. Bécquer,
para el Nivel 3 de la colección LEER EN ESPAÑOL,
es una obra colectiva, concebida, creada y diseñada
por el Departamento de Idiomas de la Editorial Santillana, S. A.

Adaptación: **Rosana Acquaroni Muñoz**

Ilustración de la portada: **Francisco González**

Ilustraciones interiores: **Domingo Benito**

Coordinación editorial: **Silvia Courtier**

© de esta edición, 1991 by Universidad de Salamanca
    y Santillana, S. A.
Elfo, 32. 28027 Madrid
PRINTED IN SPAIN
Impreso en España por UNIGRAF
Avda. Cámara de la Industria, 38
Móstoles, Madrid.
ISBN: 84-294-3421-6
Depósito Legal: M-32988-1991

*El escritor Gustavo Adolfo Béc-
quer (1836-1870) es el poeta más
importante del Posromanticismo
español y el padre de la poesía mo-
derna en castellano.*

*Bécquer escribe en un tiempo en el que el Romanti-
cismo es ya cosa del pasado y los escritores prefieren una
literatura realista, espejo de los problemas del momento.
Sin embargo, en su obra aparece lo que el Romanticismo
tuvo de nuevo y original: el sentimiento de lo personal.*

*Dos son sus obras más conocidas: un libro de poesía,
las* Rimas, *y un libro en prosa, las* Leyendas. *En ellas
consigue sacar a la luz el mundo de sus sueños y sus sen-
timientos. «En los oscuros rincones de mi memoria –dice
Bécquer– duermen los extraños hijos de mi imaginación,
esperando en silencio que el arte los vista de palabras para
poder presentarse después en el teatro del mundo.»*

*Como todos los románticos, Bécquer sintió un enorme
interés por la Edad Media. Se presenta ésta ante él como
un tiempo misterioso, lleno de luces y sombras, donde
todo podía ocurrir. Entre iglesias, castillos, ruinas y
ciudades medievales se moverán los personajes de casi
todas sus leyendas. Así ocurre en* La Cruz del Diablo,
*la historia del pequeño pueblo de Bellver, que tiene que
pelear contra los grandes poderes del Mal.*

3

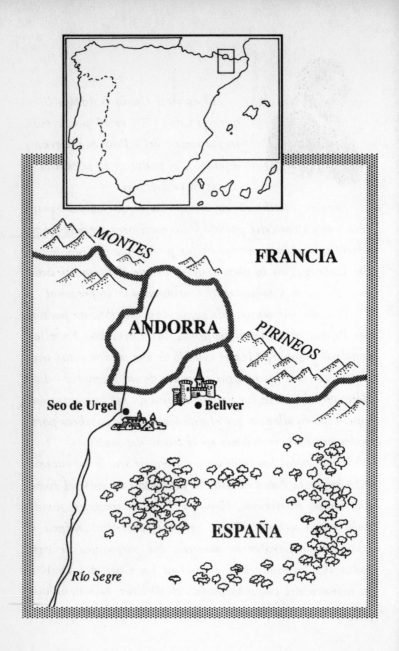

Podéis no creer esta historia.
No tiene importancia.
Mi abuelo se la contó a mi padre,
mi padre me la contó a mí,
y ahora yo te la cuento a ti
sólo para pasar el tiempo.

I

LLEGAMOS a Bellver cuando todavía no era de noche pero empezaba a caer la tarde. La luz del día se escondía suavemente. Parecía apagarse entre las delgadas sombras de los árboles. Bellver es un pequeño pueblo debajo de unas montañas, muy cerca de los Pirineos. Los campos de Bellver son frescos y verdes, pues por allí pasa un río llamado Segre. Sus casas son blancas. Al viajero que las mira desde arriba le parecen pájaros de nieve que están bebiendo tranquilamente en las aguas del río.

Después de un largo día de viaje me encontraba muy cansado. Mis compañeros venían con retraso, un poco por detrás de mí. Paré mi caballo para descansar unos minutos mientras los esperaba. Desde donde estaba, podía oír la alegre canción del agua del Segre, que corría muy cerca de allí. A la derecha del camino vi que había una enorme cruz. Era una sencilla cruz de hierro[1], de un color gris oscuro. Parecía muy antigua. Las plantas a su alrededor le daban un aspecto triste. Había sobre todo un árbol, una encina grande y fuerte, de madera oscura, que le daba a la cruz una sombra misteriosa[2].

Mientras miraba la cruz pensaba en muchas cosas. Sentía llegar poco a poco el alto silencio de la noche sobre aquellos tranquilos lugares. Me sentía un poco solo y un poco triste. Casi sin darme cuenta, me bajé del caballo, me quité el sombrero y empecé a buscar en el fondo de mi memoria una oración[3] para decirla delante de la cruz. Una de esas oraciones que aprendemos cuando todavía somos muy niños y que quedan en nuestro recuerdo como las viejas canciones. Recordarlas me hacía sentirme más tranquilo.

II

DE pronto sentí el calor de una mano que me empujaba por la espalda. Había un hombre a mi lado. Era el guía[4] que nos acompañaba en el viaje, un hombre del país que conocía bien aquellos caminos y lugares. Sus ojos me miraban con un miedo imposible de describir. Me empujaba una y otra vez como diciéndome: «Señor, deprisa, acompáñeme lejos, muy lejos de aquí». Yo no entendía qué pasaba. No sabía qué hacer. Estaba entre enfadado y asustado.

–¡Por la memoria de su madre! –dijo de pronto–. ¡Por lo más querido! ¡Por favor, señor, póngase ese sombrero y márchese de este lugar! ¿Cómo puede estar rezándole[5] a esta cruz? ¿No sabe que es la Cruz del Diablo? ¿O es que no tiene usted bastante con la ayuda de Dios?

Lo miré un rato en silencio. Ese hombre estaba loco.

–Usted –dijo– quiere llegar a Francia. ¿No es así? Pues escuche: si delante de esta cruz le pide ayuda a los cielos, nunca lo conseguirá. Las montañas se levantarán hasta las nubes. Se esconderán en la niebla los caminos. La nieve caerá sobre los campos y usted se verá perdido para siempre. Nadie podrá encontrarlo.

¿Cómo puede estar rezándole a esta cruz? ¿No sabe que es la Cruz del Diablo?

Las palabras del guía me hicieron sonreír.

–No me cree usted, ¿verdad? Usted piensa que ésta es una cruz normal, como las que hay en las iglesias.

–¿Quién lo duda?

–Pues se equivoca usted, señor, y mucho. Créame y márchese ahora mismo de este lugar. Esta cruz no es de Dios, sino del diablo.

–¡La Cruz del Diablo! –me repetía a mí mismo en voz baja–. ¡La Cruz del Diablo...!

La verdad es que empezaba a sentir miedo. Tenía ganas de salir pronto de allí, lo más rápido posible, sin esperar a mis compañeros. Pero, intentando parecer tranquilo, le dije al hombre:

–¡La Cruz del Diablo! ¡Dios mío, qué cosas dice usted! ¡Una cruz... y el diablo! Es la idea más extraña que he oído en toda mi vida. Tendrá que contarme esa historia con detalle, si quiere convencerme. Lo hará esta misma noche, en el parador[6] de Bellver. Sí, esta misma noche nos contará usted la historia de esta cruz a mis amigos y a mí.

III

CUANDO, unos minutos más tarde, llegaron mis compañeros, les expliqué en pocas palabras lo ocurrido. Me miraron con sorpresa. Todo les parecía muy extraño. En seguida me subí al caballo y seguimos nuestro camino.

Media hora después llegamos al parador de Bellver. Créanme, amigos, este parador era el lugar más misterioso, frío y triste que yo podía imaginar.

Corrimos a sentarnos alrededor del fuego. Estábamos muy cansados y teníamos hambre y frío.

Mientras nos preparaban la cena, yo miraba cómo se movía el fuego. Su color cambiaba lentamente del azul más pálido al rojo más profundo y encendido. Su sombra jugaba en los cristales de las ventanas y sobre las sucias y húmedas paredes de la habitación.

Empezamos a cenar. Con la comida pedimos un buen vino para olvidarnos del frío. Todos estábamos nerviosos esperando la historia de la Cruz del Diablo.

Cuando estábamos en los postres, nuestro guía terminó su vaso de vino, se limpió la boca con la mano y con voz grave comenzó a hablar.

Esa noche nos contó la historia más increíble que he oído en toda mi vida.

IV

«La historia que les voy a contar ocurrió hace mucho, pero mucho tiempo. No sé exactamente cuánto, pero los moros[7] estaban todavía en España y los señores vivían en castillos. No sólo tenían grandes tierras y muchos animales. También eran dueños de hombres y mujeres –sus vasallos– que trabajaban duramente para ellos. Los vasallos tenían que pagar a su señor con su trabajo y a veces con su vida. Pues bien, como iba diciendo, en estos tiempos ocurrió la historia que ahora les voy a contar.»

Después de esta primera explicación nuestro hombre se quedó callado durante un momento, quizás para traer sus recuerdos a la memoria. Después siguió:

«En aquellos tiempos estas tierras y este pueblo estaban en manos del señor del Segre. Era un hombre enormemente rico pero también enormemente cruel[8]. Vivía en un castillo que fue antes de sus padres. Este castillo estaba en una montaña, cerca del río Segre. Ustedes mismos pueden verlo. Todavía quedan allí arriba algunas piedras del antiguo edificio. Ahora nadie vive en esas ruinas. Sólo algunos animales que en las noches sin luna, cuando baja la niebla de las montañas más altas, se esconden para dormir en sus húmedos rincones.

Los vasallos no querían al señor del Segre. Los hacía trabajar de sol a sol y, además, tenían que pagarle mucho dinero. Tampoco el rey lo quería y le prohibió visitarlo.

El señor del Segre era un hombre enormemente rico pero también enormemente cruel. Vivía en un castillo en la montaña, cerca del río Segre...

El señor del Segre no estaba casado ni tenía familia. Vivía solo. Estaba siempre aburrido y de mal humor. Nada le divertía. Una noche se puso a pensar cómo podría encontrar algo diferente para llenar su vida. Ya estaba cansado de robar y matar a sus vasallos. Tampoco le divertía pelearse con los señores de otras tierras. Entonces pensó que lo mejor era irse lejos a vivir nuevas aventuras. Sabía que muchos señores se iban a un país maravilloso al otro lado del mar a pelear por los Santos Lugares[9], que estaban en poder de[10] los moros. Y, así, de la noche a la mañana, decidió marcharse a las Cruzadas[11]. ¿Se marchó porque quería cambiar de vida, dejar de robar y de matar? ¿O quería solamente hacer más daño, pero en otros países, allí donde nadie lo conocía? Nadie lo sabe. El caso es que un buen día cogió todo su dinero, dejó libres a sus vasallos, vendió todas sus tierras, menos el castillo del Segre, y desapareció.

Desde aquel día la gente del pueblo empezó a vivir tranquila. Ningún hombre muerto colgaba ya de los árboles. Las mujeres no tenían miedo de cruzar solas los caminos cuando iban a buscar agua al río, cerca del castillo. Todos podían llevar sus animales a las antiguas tierras del señor. Ya no sentían ningún miedo, ni tenían que pagar por ello. Los niños jugaban sin peligro en los alrededores del castillo. Los hombres del señor del Segre ya no estaban en Bellver...»

V

«PASARON más de tres años –siguió nuestro amigo– desde que marchó el señor del Segre. La historia del *Mal Caballero*[12] –pues así llamaban al señor– era ya casi una leyenda[13]. Las viejas se la contaban a sus nietos en las largas noches de invierno. Las madres asustaban a sus hijos pequeños cuando no querían comer diciéndoles: "Si no comes, va a venir el señor del Segre y te va a llevar con él". Y los niños, cuando oían esto, empezaban a llorar. Pero una noche, una de esas noches negras, de mucho viento, volvió a Bellver el Mal Caballero, sucio, cansado y sin dinero.

No puedo explicar con palabras –decía nuestro hombre– la sorpresa tan horrible que sintió la gente del pueblo. Era como tener un mal sueño. El señor volvía pidiendo su dinero, sus tierras. Decía que era aún el dueño de todo, también de las personas. Si ya era malo cuando se fue, volvió mucho peor. Ahora su corazón era todavía más duro y más cruel. Ya no le quedaba dinero. Sólo tenía sus armas y unos pocos hombres que siempre lo acompañaban. La gente del pueblo protestó. Nadie quería volver a pagarle dinero ni a trabajar para él. Entonces

15

el Mal Caballero empezó a robar y a matar. Sangre y fuego era lo único que dejaba en las casas de sus antiguos vasallos. El pueblo pidió ayuda al rey. Pero el señor del Segre se reía de las cartas que éste le enviaba.

Pronto comprendieron que el rey no podía hacer nada contra ese hombre y se organizaron para pelear solos contra él. También el señor del Segre preparó sus armas. Llamó a todos sus hombres y pidió ayuda al diablo. Pelearon duramente y largo tiempo. La gente usaba contra él todas las armas posibles, en todos los lugares y a todas las horas, día y noche. Aquello no era pelear para vivir, era vivir para pelear.

Una noche oscura, muy oscura, sin un ruido sobre la tierra ni una luz en el cielo, las gentes de Bellver decidieron entrar en el castillo por sorpresa. Como todas las noches, el señor del Segre y sus hombres tenían una fiesta: bebían y cantaban mientras contaban el dinero robado. Nadie se dio cuenta de que los hombres del pueblo se acercaban. Subieron con cuidado y sin ruido por el camino de la montaña que conduce hacia el castillo. Llegaron a medianoche, cuando todos estaban ya profundamente dormidos por culpa del alcohol. Prendieron fuego[14] a las habitaciones y los fueron matando uno a uno. El primero en morir fue el señor del Segre. No quedó nadie con vida. Al día siguiente el castillo era sólo humo y polvo, negras paredes, hombres muertos.

En las ruinas del castillo la luz entraba por todas partes. Allí quedaron las armas y la vieja armadura del señor del Segre. Allí quedó su cuerpo, lleno de sangre y polvo, entre los cuerpos de sus compañeros muertos, a los que nadie quiso poner bajo tierra.»

Llegaron a medianoche, cuando todos estaban ya profundamente dormidos por culpa del alcohol...

VI

«Pasó el tiempo. Llegó la primavera y las plantas empezaron a ocupar las negras paredes del castillo del Segre. Nadie se acercaba por allí. Sólo el viento visitaba este lugar y rompía su silencio profundo y misterioso. Por las noches la luna encendía una pálida luz en los huesos blancos de los muertos. En los rincones más oscuros se escondían las armas y la armadura del antiguo señor del Segre.

Corrían mil historias sobre el castillo: gente que veía sombras extrañas; gente que oía ruidos misteriosos. Historias repetidas que llenaban de miedo a todos los que las escuchaban.

Pasaron tres inviernos. El pueblo de Bellver dudaba entre el miedo y sus ganas de olvidar el horrible pasado de estas tierras. ¿Podrían alguna vez descansar tranquilos? No lo quiso así el diablo.

En los rincones más oscuros se escondían las armas y la armadura del antiguo señor del Segre...

Un mes de noviembre los vecinos de Bellver empezaron a ver entre las sombras del castillo unas luces misteriosas: subían, bajaban, se cruzaban, se encendían y apagaban, y nadie sabía de dónde venían. Un día comenzaron a desaparecer animales. Pronto encontraron también viajeros muertos en los caminos. Ya nadie lo dudaba. Unos bandidos[15] eran los nuevos dueños del castillo.

Los crímenes fueron cada vez más frecuentes. Aquellos hombres ocupaban más y más tierras. No sólo los bosques, las montañas y los caminos cerca del castillo, sino también las tierras más bajas, cerca del pueblo. Las muchachas desaparecían. A los niños los sacaban de sus camas sin escuchar los amargos gritos de sus madres. Robaban hasta en las iglesias. Nadie se sentía seguro ni fuera ni dentro de su casa. Pero ¿quiénes eran aquellos hombres? ¿De dónde venían? ¿Quién era su jefe? Sólo sabían que las viejas armas y la armadura del señor del Segre ya no estaban en el castillo.

"–¡Yo he visto al Mal Caballero!" –gritaban algunos.

"–¡Sí, es verdad, yo también lo he visto! Llevaba su armadura. ¡Era su armadura, estoy seguro!"

Quizás el jefe de los bandidos usaba la armadura del señor del Segre para esconderse. Era lo más seguro. Sin embargo, la imaginación de la gente les hacía creer que aquél era de verdad el señor del Segre, muerto ya hacía años...»

VII

«Un día los hombres del pueblo hirieron a uno de los ladrones. Antes de morir, este hombre les contó cosas horribles:

"Soy de una rica y antigua familia –dijo–. Mi padre no me dejó su dinero porque no le gustaba la vida que yo llevaba. Sabía que era cruel, que me gustaba robar y matar. Con la ayuda del diablo, que siempre me escucha, encontré a otros jóvenes de mi mismo carácter y decidí unirme a ellos en oscuras aventuras. No teníamos miedo de nada ni de nadie. Elegimos estos lugares para nuestros crímenes porque sabíamos que el castillo del Segre era el lugar más seguro. Todos tienen miedo de acercarse a él.

"Una noche, en el castillo, después de mucho beber, empezamos a discutir para ver quién de nosotros iba a ser nuestro jefe. El calor y el alcohol nos subía por el corazón hasta la cabeza como una dulce niebla. Gritábamos, nos peleábamos, algunos hasta sacaron sus cuchillos... Pero, de pronto, en medio de nuestros gritos, oímos unos extraños ruidos. Alguien se acercaba lentamente.

Nos pusimos en pie y sacamos las armas. De pronto vimos a un hombre alto, completamente armado, vestido de la cabeza a los pies con una pesada armadura. No podíamos verle la cara. La llevaba escondida detrás de la armadura. Aquel hombre, con una voz grave y dura, tan dura como el ruido de las aguas más profundas, nos dijo:

"–¿Alguno de vosotros quiere ser el jefe, estando yo todavía en el castillo del Segre?"

"Nadie le contestó ni una palabra.

"–Si es así –dijo–, ese hombre tendrá primero que quitarme la espada."

El hombre que quiera ser el jefe primero tendrá que quitarme la espada...

"Nos quedamos callados. El miedo no nos dejaba hablar. Estuvimos en silencio un largo rato hasta que, de repente, empezamos a gritar: ¡Tú eres nuestro único jefe! ¡Sólo tú puedes serlo!

"Lo invitamos a beber con nosotros, pero nos dijo que no con la cabeza. Quizá no quería beber para no tener que enseñarnos la cara. Aquella noche hicimos una fiesta: ya teníamos un jefe, el jefe que necesitábamos.

"Desde entonces ese misterioso hombre va siempre delante de nosotros. No lo asusta el fuego, ni los peligros, ni el dolor. Nunca habla. Solamente lo oímos cuando las casas e iglesias son ruinas, humo y polvo, cuando las mujeres corren asustadas y los hombres caen muertos a sus manos. Cuando los niños gritan de dolor y los ancianos mueren por nuestros horribles golpes, entonces, sólo entonces, lo oímos reír sin parar. Nunca se quita la armadura. Tampoco nos acompaña en nuestras fiestas. No duerme nunca. Ningún arma puede herirlo. Ni la espada ni el fuego le hacen daño. No le interesa el dinero. Unos creen que es un pobre loco. Para otros es un gran señor que eligió el camino del mal y ahora se esconde dentro de su negra armadura. Algunos, no muchos, han llegado a creer que es el diablo en persona."

El bandido que les contó esta increíble historia murió poco después. Murió con la sonrisa en los labios y sin sentir culpa por sus crímenes.»

VIII

«La gente del pueblo no sabía cómo acabar con el jefe de los ladrones. Cada día era más difícil y más amargo que el anterior. Con todo el poder de su imaginación buscaban una solución.

Muy cerca del pueblo, en un rincón escondido dentro del bosque, vivía un anciano de buenas costumbres. La gente de Bellver lo quería mucho porque siempre los ayudaba con sus buenos consejos. También ahora corrieron a pedirle su opinión.

El consejo del anciano fue el siguiente: tenían que subir al castillo durante la noche. No debían llevar armas. Su única arma iba a ser una oración que él mismo les enseñó y que les hizo repetir muchas veces. Esas palabras tenían grandes poderes contra el diablo.

El plan del anciano funcionó como nadie podía imaginar. Antes de la salida del sol, en la plaza mayor[16] del pueblo, los vecinos de Bellver se contaban unos a otros cómo aquella noche trajeron al pueblo al famoso jefe de los bandidos del Segre. Nadie podía explicar lo ocurrido. No sabían cómo consiguieron traerlo. Sólo sabían que la oración del anciano tenía poderes en verdad increíbles.

La noticia pasaba de boca en boca, de casa en casa. La gente estaba muy alegre. Salía a los balcones, cantaba y bailaba en las calles. Los vecinos se acercaban a la puerta de la cárcel para ver al misterioso hombre. La Plaza Mayor y todas las calles por las que éste tenía que pasar para ir a la sala del juicio[17] estaban completamente llenas de gente. Todos esperaban nerviosos sus palabras.

De pronto, en medio de los gritos de la gente, salió por fin el hombre. Vestía la armadura y llevaba también sus armas. Nadie podía verle la cara. Los vecinos hablaban entre sí en voz baja. Todos sabían que ésa era la armadura del señor del Segre, aquella misma armadura de la que todos los días contaban nuevas y misteriosas historias. Las armas también eran las mismas. Nadie lo dudaba. Pero ¿quién era el hombre que ahora las llevaba? Pronto lo iban a saber. Por lo menos eso creían ellos. Nuestra historia nos dirá que no fue así. El misterio no desapareció. Se hizo todavía más profundo.»

IX

«E L hombre de la armadura entró por fin en la sala del juicio. Ahora todo era silencio. Nadie hablaba. Uno de los jueces[18], con voz lenta y segura, le preguntó su nombre. Pero el bandido no dijo nada. El juez le repitió tres veces más la pregunta. Ninguna de las tres veces contestó. Los vecinos que estaban en la sala empezaron a gritar:

"–¡Queremos verle la cara!"

"–¡Ladrón, quítate esa armadura!"

"–¡Queremos ver tu horrible cara!"

"–¡Quítatela, ahora!"

"–Haga usted lo que le dicen" –dijo el juez.

Pero nada. Aquel hombre parecía no escucharlos.

"–Os lo mando en nombre del Rey" –volvió a decir el juez.

El mismo silencio.

La gente estaba cada vez más enfadada y no dejaba de gritar. De pronto, uno de los guardias se tiró sobre el bandido y levantó la armadura que llevaba sobre la cara.

De las bocas de todos salieron gritos de sorpresa. Detrás de la armadura no había nada. Estaba completamente vacía. No había nadie dentro de ella.

Después de un primer momento de sorpresa y de miedo, todos corrieron a tocarla. La armadura se movía cuando sentía el calor de una mano acercándose a ella. De repente cayó al suelo, rota en pedazos. La gente salió corriendo de la sala.

Ese mismo día la noticia se corrió por Bellver y por los pueblos vecinos. El miedo volvió a llenar los corazones de todos. Ahora era el diablo quien ocupaba la armadura del señor del Segre. Nadie podía dudarlo.»

X

«A pesar del miedo que sentían, todos en Bellver comprendieron que la armadura no podía quedar en la sala. Algo debían hacer con ella. Decidieron llevar a la cárcel sus pedazos.

Al día siguiente enviaron hombres para informar al rey y a los grandes señores de estas tierras. También informaron a la Iglesia. Querían saber su opinión sobre lo que estaba pasando. A los pocos días recibieron noticias. El rey, los grandes señores y la Iglesia contestaban lo siguiente: "Cuelguen la armadura en la plaza mayor. Así, para no morir, el diablo tendrá que salir de ella".

Por fin la gente de Bellver tenía la solución. Prepararon todo lo necesario en la plaza y marcharon a la cárcel para buscar la armadura. Pero escuchen lo que ocurrió:

Cuando llegaron a la puerta de la cárcel, encontraron a un hombre asustado, pálido, casi enfermo, que decía llorando:

"–¡Perdón, señores, perdón!"

"–¡Perdón! ¿Para quién? ¿Para el diablo que vive dentro de esa armadura, la armadura del Mal Caballero?"

"–Para mí –respondió el hombre con voz débil–, para mí..., porque las armas y también la armadura... han desaparecido."

Al oír estas palabras, nadie pudo esconder su sorpresa. No sabían qué decir ni qué hacer. No conseguían moverse. Estaban demasiado asustados.

"–Perdónenme, señores –decía el pobre hombre–. Si me perdonan, yo les contaré todo lo que ha pasado aquí esta noche."

Todos esperaban en silencio alguna explicación.

Perdón, señores, perdón... Las armas y la armadura... han desaparecido.

"Yo, señores, soy carcelero[19] desde hace muchos años. Nunca creí las historias que oía contar sobre el Mal Caballero y sobre el diablo y la armadura vacía. Por eso, cuando trajeron los pedazos de la armadura a la cárcel, yo, que soy muy curioso, me levantaba todas las noches y bajaba a las mazmorras[20] a mirarla. Por detrás de la puerta intentaba escuchar algo, el más mínimo ruido. Era inútil. Nunca oía nada. Entonces abría un poco la puerta y miraba dentro, pero sólo veía los pedazos tirados en un rincón oscuro de la habitación.

La noche pasada no podía dormir. Quería encontrar por fin la solución al misterio. Encendí una luz, bajé las escaleras con cuidado y crucé despacio el pasillo que conduce a las mazmorras más profundas de la cárcel. En la última de ellas estaba la armadura. Abrí la puerta y, sin volver a cerrarla, entré. De repente la luz se apagó y oí un ruido extraño. Sentí un miedo horrible. Parecía que unos hierros se movían entre las sombras e intentaban unirse unos con otros. Quise cerrar la puerta, pero sentí que una mano me daba un golpe muy fuerte en la cabeza. Caí al suelo... a la mañana siguiente la armadura ya no estaba en la habitación."

Los vecinos de Bellver que estaban escuchando aquella historia empezaron a gritar. Pedían la muerte inmediata del carcelero. Pero no podían quedarse allí gritando y llorando. Debían salir a buscar la armadura.»

XI

«E<small>SE</small> mismo día los hombres de Bellver salieron del pueblo en dirección al castillo. Marcharon de noche y sin armas. Su única arma era, otra vez, la oración que les enseñó el anciano del bosque. A las pocas horas todo el pueblo pudo ver cómo la armadura colgaba en la Plaza Mayor. Los poderes que tenía la oración eran más fuertes que el mismo diablo.

Sin embargo, a la mañana siguiente la armadura ya no estaba en la plaza. En cuanto había un poco de luz, la armadura dejaba el pueblo y marchaba hacia el castillo. Una y mil veces fueron a buscarla. Una y mil veces desapareció. Era una historia sin final.

Los vecinos de Bellver decidieron llevarse cada uno a su casa un trozo distinto de la armadura. "De esta manera –se decían– no podrá marcharse otra vez." Pero ¿qué debían hacer con los trozos? No podían guardarlos para siempre. ¿Qué iba a ser de ellos si guardaban al diablo en sus casas? Decidieron pedir otra vez consejo al anciano.

El anciano se escondió durante tres días en lo más profundo del bosque para poder pensar. A los tres días volvió con la solución: debían fundir[21] las armas y los distintos trozos de la armadura. Después, con ese hierro, tenían que hacer una cruz.»

–¡La Cruz del Diablo! –dijo inmediatamente uno de mis compañeros.

«Así es –contestó el hombre–. No fue un trabajo fácil. Pasaron cosas horribles. Mientras el hierro se calentaba poco a poco, salían de él largos y profundos gritos. En el fuego bailaban pequeñas luces rojas, verdes y azules. Parecían diablos que intentaban dejar libre a su señor. La madera tenía vida. Sentía un gran dolor cuando el fuego se encendía en su corazón. El hierro, ya fundido, no quería que con él hicieran una cruz. Se movía, empujaba... Durante días y días los hombres y mujeres de Bellver trabajaron duramente. Mil veces repitieron las oraciones del anciano, y sólo así consiguieron terminar aquella cruz, esa cruz que es la que ya conocéis. Ahí dentro duerme el diablo su horrible sueño. Nadie se acerca a ella. Nadie le lleva flores. En invierno los peores animales se esconden en este lugar para matar a otros animales. Los ladrones esperan bajo su sombra a los extranjeros que pasan por el camino para robarlos primero y matarlos después. Cuentan los viajeros que en las noches oscuras han oído ruidos extraños dentro de la cruz. Es el diablo, que está rompiendo el corazón del hierro.»

SOBRE LA LECTURA

Para comprobar la comprensión

I

1. ¿En qué lugar de España se encuentra Bellver?
2. ¿Qué es lo que vio el viajero en su camino?
3. ¿En aquel momento estaba solo o acompañado?
4. ¿Cómo se sentía delante de lo que vio?

II

5. ¿Quién era el hombre que se acercó al viajero?
6. ¿Por qué tenía tanto miedo de la cruz?
7. ¿Creía el viajero en las palabras de aquel hombre?
8. ¿Pensaba olvidarse de la cruz?

III

9. ¿Cómo es el parador de Bellver?
10. Cuando los viajeros llegan al parador de Bellver, ¿qué hacen primero?
11. ¿Con quién van a cenar los viajeros?
12. ¿Qué va a pasar al final de la cena?

IV

13. ¿Cómo era el señor del Segre?
14. ¿Por qué decidió el señor del Segre irse de Bellver?
15. ¿Qué hizo antes de marcharse?
16. ¿Vivía mejor la gente de Bellver después de desaparecer el señor del Segre?

V

17. ¿Quién era el Mal Caballero?
18. ¿Se puso contenta la gente de Bellver cuando volvió el señor del Segre? ¿Por qué?
19. ¿Qué decidieron entonces los hombres del pueblo?
20. ¿Consiguieron matar al señor del Segre?
21. ¿Qué hicieron con las armas y con la armadura?

VI

22. ¿Era el castillo un lugar agradable para la gente de Bellver?
23. ¿Eran falsas las extrañas historias que oían contar sobre el castillo?
24. ¿Qué pasó con las armas y con la armadura?

VII

25. ¿Por qué eligieron los bandidos el castillo del Segre para esconderse?
26. ¿A quién hicieron jefe los bandidos?
27. ¿Era el jefe un hombre alegre y simpático?

VIII

28. ¿A quién pidió consejo la gente de Bellver para acabar con los bandidos y su jefe?
29. ¿Qué consejo les dio?
30. ¿Siguieron tal consejo los hombres de Bellver? ¿Funcionó el plan?
31. ¿Cómo iba vestido el jefe de los bandidos?

IX

32. *¿Contestó el jefe de los bandidos a las preguntas que le hizo el juez?*
33. *¿Qué había dentro de la armadura?*
34. *¿Qué pasó después con la armadura?*

X

35. *¿Quién ocupaba ahora la armadura del antiguo señor del Segre?*
36. *¿Qué debían hacer con la armadura?*
37. *¿Por qué desaparece la armadura de la cárcel?*

XI

38. *¿Pudieron encontrar otra vez la misteriosa armadura?*
39. *¿Qué tenían que hacer con la armadura para acabar con ella para siempre? ¿Fue un trabajo fácil?*

Para hablar en clase

1. *¿Por qué llama la gente la «Cruz del Diablo» a la cruz de esta leyenda?*
2. *¿Qué dos grandes poderes luchan en esta historia?*
3. *¿Piensa usted que en el mundo real luchan las fuerzas del Bien y del Mal? ¿De qué forma?*
4. *¿Conoce otras leyendas sobre este tema?*
5. *¿Actualmente siguen contándose leyendas en su país?*

NOTAS

Estas notas proponen equivalencias o explicaciones que no pretenden agotar el significado de las palabras o expresiones siguientes sino aclararlas en el contexto de *La Cruz del Diablo*.

m.: masculino, *f.:* femenino, *sing.:* singular, *inf.:* infinitivo.

cruz

La Cruz del Diablo: la cruz (figura formada por dos líneas que se cortan perpendicularmente) es símbolo cristiano, en recuerdo de Jesucristo, que murió en ella. Pero aquí también tiene que ver con el demonio o diablo, que representa el poder del mal.

1 **hierro** *m.:* uno de los metales más duros y más usados en la industria y en las artes.

2 **misteriosa:** secreta, que no se puede conocer o explicar.

3 **oración** *f.:* palabras o ruegos que dirigimos a Dios, a la Virgen o a los santos.

4 **guía** *m.* y *f.:* persona que conduce a otras y les enseña el camino.

5 **estar rezando** (*inf.:* **rezar**): estar pronunciando una oración.

6 **parador** *m.:* nombre que se daba antiguamente a los lugares donde, por poco dinero, se podía dormir.

7 **moros** *m.:* pueblos del norte de África que ocuparon gran parte de España desde el año 711 después de Cristo hasta 1492.

estar rezando

caballero

prendieron fuego

mazmorra

8 **cruel:** que hace sufrir a los demás y/o que se alegra de su dolor.

9 **Santos Lugares** *m.:* lugares de Palestina donde vivió y murió Jesucristo.

10 **estaban en poder de...:** estaban en tierras dominadas por...

11 **Cruzadas** *f.:* guerras santas contra los moros.

12 **caballero** *m.:* señor medieval que mandaba sobre tierras y vasallos. Se llamaba «caballero» porque peleaba a caballo.

13 **leyenda** *f.:* relato tradicional, más maravilloso que histórico o verdadero.

14 **prendieron fuego** (*inf.:* **prender**): quemaron.

15 **bandidos** *m.:* ladrones y asesinos.

16 **plaza mayor** *f.:* plaza principal, centro de la vida urbana de un pueblo o una ciudad.

17 **sala del juicio** *f.:* lugar donde se reúne un tribunal de justicia para celebrar juicios, es decir, para decidir si una persona es culpable o inocente de un delito.

18 **jueces** (*m. sing.:* **juez**): miembros del tribunal de justicia que tienen poder para decidir si un acusado es o no culpable.

19 **carcelero** *m.:* que cuida de una cárcel.

20 **mazmorras** *f.:* cárceles bajo tierra.

21 **fundir:** calentar un metal hasta dejarlo en estado líquido para poder trabajarlo.

37

VOCABULARY

The following is a glossary of the footnoted words and phrases found in *La Cruz del Diablo*. Translations are limited to the meaning within the particular context of the story.

m.: masculine, f.: feminine, sing.: singular, inf.: infinitive.

La Cruz del Diablo: *The Devil's Cross*

1 **hierro** m.: *iron.*

2 **misteriosa:** *mysterious.*

3 **oración** f.: *prayer.*

4 **guía** m. and f.: *guide.*

5 **estar rezando** (inf.: **rezar**): *to be praying.*

6 **parador** m.: *inn.*

7 **moros** m.: *Moors.*

8 **cruel** m. and f.: *cruel.*

9 **Santos Lugares** m.: *Holy Lands.*

10 **estaban en poder de...:** *they were in the power of...*

11 **Cruzadas** f.: *Crusades.*

12 **caballero** m.: *knight.*

13 **leyenda** f.: *legend.*

14 **prendieron fuego** (inf.: **prender**): *they set fire.*

15 **bandidos** m.: *bandits.*

16 **plaza mayor** f.: *main square.*

17 **sala del juicio** f.: *court of justice.*

18 **jueces** (m. sing.: **juez**): *judges.*

19 **carcelero** m.: *jailer.*

20 **mazmorras** f.: *dungeons.*

21 **fundir:** *to melt down.*

VOCABULAIRE

Ces notes proposent des traductions ou des équivalences qui n'épuisent pas le sens des mots ou expressions ci-dessous mais les expliquent dans le contexte de *La Cruz del Diablo*.

m.: masculin, f.: féminin, sing.: singulier, inf.: infinitif.

La Cruz del Diablo: *La Croix du Diable*

1 **hierro** m.: *fer.*

2 **misteriosa:** *mystérieuse.*

3 **oración** f.: *prière.*

4 **guía** m. et f.: *guide.*

5 **estar rezando** (inf.: **rezar**): *prier.*

6 **parador** m.: *auberge.*

7 **moros** m.: *Maures.*

8 **cruel:** *cruel.*

9 **Santos Lugares** m.: *Lieux Saints.*

10 **estaban en poder de...:** *ils étaient au pouvoir de...*

11 **Cruzadas** f.: *Croisades.*

12 **caballero** m.: *chevalier.*

13 **leyenda** f.: *légende.*

14 **prendieron fuego** (inf.: **prender**): *ils mirent le feu.*

15 **bandidos** m.: *bandits.*

16 **plaza mayor** f.: *grand-place.*

17 **sala del juicio** f.: *salle du procès.*

18 **jueces** (m. sing.: **juez**): *juges.*

19 **carcelero** m.: *geôlier.*

20 **mazmorras** f.: *cachots souterrains, oubliettes.*

21 **fundir:** *faire fondre.*

WORTSCHATZ

Die nachfolgenden Übersetzungen beziehen sich ausschließlich auf die konkrete Bedeutung des entsprechenden spanischen Ausdrucks und dessen Anwendung im Text *La Cruz del Diablo*.

m.: Maskulin, f.: Femenin, sing.: Singular, inf.: Infinitiv.

La Cruz del Diablo: *Des Teufels Kreuz*

1 **hierro** m.: *Eisen.*

2 **misteriosa:** *geheimnisvoll.*

3 **oración** f.: *Gebet.*

4 **guía** m. oder f.: *Führer.*

5 **¿Cómo puede estar rezándole a esta cruz?** (inf.: **rezar**): *Wie können Sie nur zu diesem Kreuz beten?*

6 **parador** m.: *Gasthof.*

7 **moros** m.: *die Mauren.*

8 **cruel:** *grausam.*

9 **Santos Lugares** m.: *die Heiligen Stätten (Palästina).*

10 **que estaban en poder de los moros:** *die von den Mauren besetzt waren.*

11 **Cruzadas** f.: *Kreuzzüge.*

12 **caballero** m.: *Ritter.*

13 **leyenda** f.: *Legende.*

14 **prendieron fuego** (inf.: **prender**): *sie steckten in Brand.*

15 **bandidos** m.: *Banditen.*

16 **plaza mayor** f.: *Hauptplatz des Ortes.*

17 **sala del juicio** f.: *Gerichtssaal.*

18 **jueces** (m. sing.: **juez**): *Richter.*

19 **carcelero** m.: *Gefängniswärter.*

20 **mazmorras** f.: *unterirdische Verliese.*

21 **fundir:** *einschmelzen.*